lecteurs la liste des hommes honorables qu'il suppliera de v composer le jury, s'il était assuré que le public approuvât et secondât son patriotique projet. · bien

Le Père Michel n'est pas avare, et, si le public le seconde, il ne dit pas tout ce qu'il fera par la suite pour contribuer à l'instruction de ce bon peuple français, à la défense et à l'utilité duquel il consacre son Petit Livre.

On souscrit dans tous les bureaux de poste, chez tous les libraires des départemens, et à Paris, chez

Poulet, Imprimeur-Libraire-Editeur, quai des Augustins, n°. 9;

Plancher, Libraire, rue Poupée, n°. 7;

Delaunay, Libraire, Palais-Royal.

L'abonnement est de 9 fr. pour 12 vol. qui contiendront 1300 pag. Cette première livraison sera faite en moins de trois mois, et sera continuée indéfiniment au gré du public, si le Père Michel a le bonheur de lui plaire.

L'argent, les lettres et les paquets doivent être adressés, *franc de port*, à M. P Editeur, quai des Augustins, n°. 9.

de Poulet, quai des Augustins, n°. 9.

LE PETIT LIVRE

à Quinze Sols.

AVIS.

L'abonnement est de 9 francs pour Paris, et de 11 francs pour les départemens, *franc de port.*

L'argent, les lettres et les paquets doivent être adressés, *francs de port*, au Bureau, rue des Bons-Enfans, n°. 23, *à Paris.*

On souscrit à PARIS:

Chez M. POULAIN, au Bureau, rue des Bons-Enfans, n°. 23;

Et chez :

POULET, Imprimeur - Libraire, quai des Augustins, n°. 9;

EYMERY, Libraire, rue Mazarine, n°. 30;

Et chez tous les Libraires des départemens.

LE PETIT LIVRE
à Quinze Sols,

ou

LA POLITIQUE DE POCHE,

A L'USAGE DES GENS QUI NE SONT PAS RICHES;

Par le Père Michel,

Devenu Auteur sans le savoir.

~~~~~~~~~~~~~~~~~~~~~~~~~~~~

10ᵉ. Tome.

~~~~~~~~~~~~~~~~~~~~~~~~~~~~

PARIS,

IMPRIMERIE DE POULET,

QUAI DES AUGUSTINS, Nᵒ. 9.

~~~~~~~~~~~~~

1818.

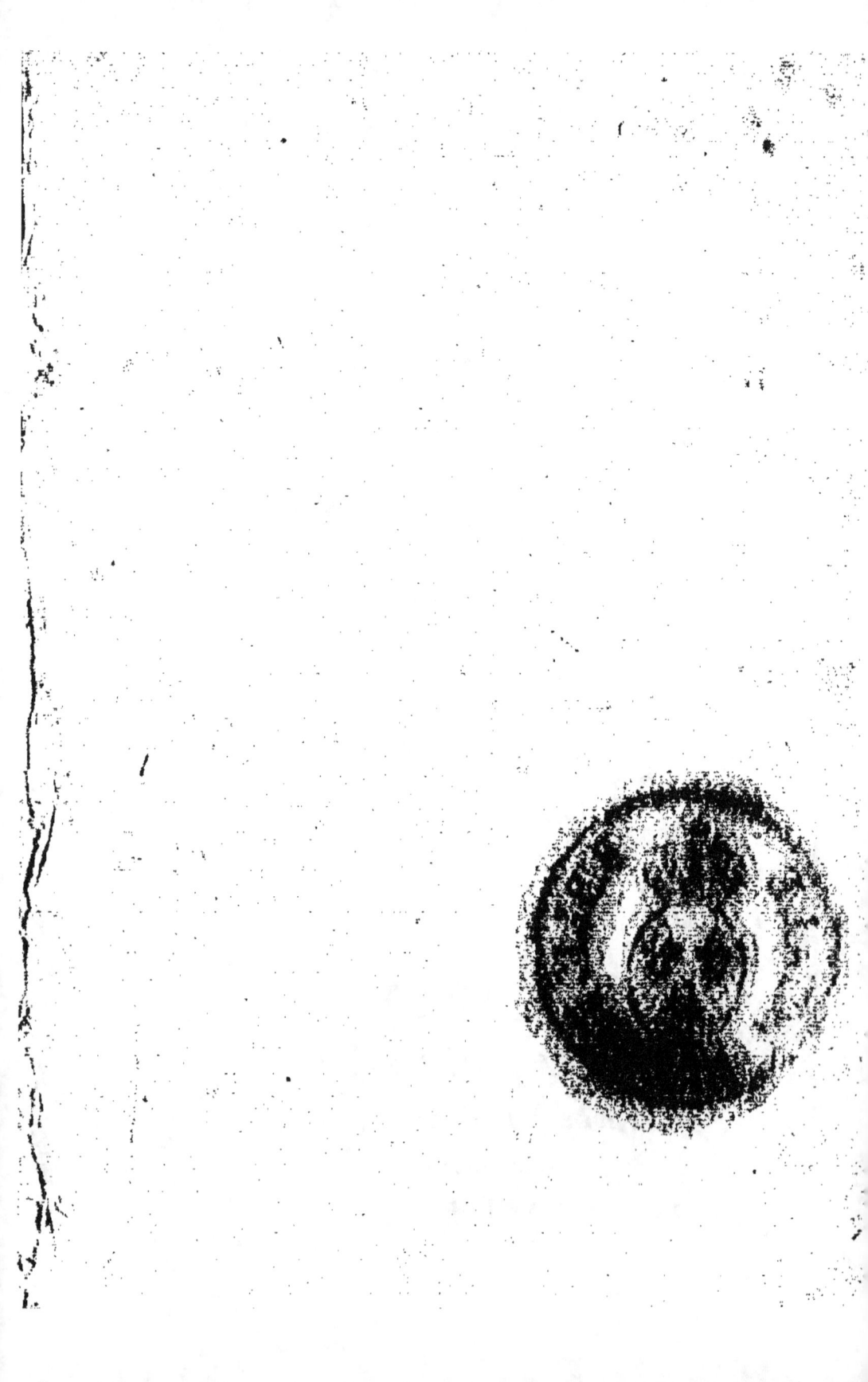

LE PETIT LIVRE

à Quinze Sols.

ÉLECTIONS.

Le collége électoral de Paris (en 1817) venait de terminer le dépouillement du deuxième scrutin; il restait encore cinq députés à nommer, et les constitutionnels avaient de justes craintes.

On pensa qu'il serait important de publier un nouvel écrit pour rallier les indifférens et les hommes de bonne foi qui s'étaient laissé effrayer ou abu-

ser : il n'y avait point de temps à
perdre, car il était midi, et il fallait
que l'écrit fût distribué le lendemain
matin à l'ouverture des sections.

Je ne sais par quel hasard on jeta
les yeux sur moi pour la composition
de cet écrit, dont on laissa le fond et
la forme à ma discrétion. On ne pouvait m'accorder que trois heures ; je
les employai de mon mieux, et j'é-
crivis le travail que je publie aujourd'hui : il fut approuvé ; mais,
comme on reconnut qu'il serait impossible de le répandre le lendemain à
l'ouverture des sections, il ne fut pas
imprimé.

Cependant j'en délivrai plusieurs
copies à des électeurs de différens
pays.

La prudence me fait donc un devoir
aujourd'hui de prendre l'initiative de
la publication ; car il se trouve dans
ce petit écrit plus d'une lacune à rem-

plir : or si , avec les meilleures intentions , et la plus grande capacité
même , quelqu'un venait à imprimer
sous mon nom , dans les départemens,
cet écrit corrigé et augmenté, à quels
risques ne pourrais-je pas me trouver
exposé ? combien de procureurs ou
avocats du Roi ne pourraient-ils pas
lancer simultanément contre moi des
réquisitoires ? car ce qui est arrivé à
MM. Comte et Dunoyer donne fort à
penser, et prouve que je pourrais me
trouver cité à la fois dans le Nord , le
Finistère, le Gard, la Seine , etc.

Je prends donc les devants en pu-
bliant ce petit travail, *ne varietur*. Si on
le trouve séditieux, provocateur, dé-
magogique, calomnieux, incendiaire et
destructif de la Charte, etc. etc. etc. ,
au moins je ne quitterai pas mes
foyers pour obéir à justice (1),

_____

(1) Lorsque ce passage a été imprimé , la

et je dois mettre aussi en ligne de
compte de me trouver accusé par
M. de Marchangy, dont l'impartialité,
la modération, l'indulgence et la douce
humanité sont si bien faites pour ras-
surer les prévenus : témoins les géné-
reux efforts qu'il a faits pour sauver
M. *Créton* des dangers que son noble
courage dédaignait : et l'on sait, par
expérience, quelle influence bienfai-
sante M. de Marchangy exerce sur les
écrivains.

ÉLECTEURS,

Pourquoi tant de divisions dans les
votes, pourquoi tant d'accusations

Cour de cassation n'avait pas encore annulé
l'arrêt de la Cour royale de Rennes, et
rendu, par là, un témoignage solennel aux
principes immuables de la raison et de l'é-
quité.

violentes, ou tant de préventions contre quelques individus ?

L'on vous peint comme dangereux, comme républicains, comme ennemis de la dynastie, quelques citoyens qu'un grand nombre de vous honore déjà de ses suffrages ; on vous les peint comme des hommes qui veulent tout renverser !

Ils ne sont pas de bonne foi, ceux qui parlent ainsi ; j'aperçois leur intérêt personnel qui se cache sous un nom dont on abusa toujours : *sous le nom de l'intérêt public*. Abordons la vérité.

La monarchie représentative se compose de trois pouvoirs, qui, par leur diversité, par leur opposition, constituent le gouvernement monarchique le plus parfait. Les intérêts du peuple sont dans une opposition constante avec ceux de l'aristocratie ; la plus fatale expérience nous a prouvé combien les intérêts d'un pouvoir exécutif, ambitieux ou prodigue, sont opposés à ceux du peuple : cependant 29 millions de Français n'ont, d'après la Charte, que 258 représentans, dans la plupart desquels l'âge et les intérêts personnels refroidissent déjà beaucoup l'activité et l'énergie.

Ces députés sont moins les représentans directs du peuple que ceux de l'aristocratie des richesses, puisqu'ils sont élus par un petit nombre de citoyens riches.

Ainsi tout a été fait dans le système électoral pour affaiblir l'influence réelle de la nation, pour comprimer ou énerver la coopération démocratique ; cependant nous savons que la plus grande masse des impôts est prise sur la partie de la nation qui ne concourt point à l'élection des députés ; cependant 29 millions de citoyens sont soumis à des lois dans la confection des quelles ils n'ont pris aucune part, même indirecte.

Il suit de là que le partage de la démocratie dans notre système représentatif est presque nul, quoique la démocratie forme un des élémens essentiels de ce système, quoique la plus grande masse des intérêts appartienne réellement à la partie démocratique de la nation.

Notre Chambre des pairs n'a point l'indépendance que donne une très-grande fortune. On y compte une multitude de membres qui sont pensionnés, employés et salariés par le pouvoir exécutif, qui pourrait, à volonté, leur retirer pensions, emplois et salaires.

Enfin le pouvoir exécutif a été investi :

1°. De l'initiative ;

2°. D'un *veto* absolu sur tous les amendemens des Chambres ;

3°. Du droit de proroger ou de dissoudre la Chambre ;

4°. Le Roi nomme les pairs, dont il peut augmenter le nombre à volonté; d'où il suit : 1°. qu'il n'est point de circonstances dans lesquelles le Roi ne puisse s'assurer la majorité dans la première Chambre ; 2°. que les pairs pourraient être portés à un nombre double et triple de celui des députés, qui ne peut varier ;

5°. Les députés peuvent être élevés à la pairie; et ceux qui ont médité sur les événemens, sur l'ambition des hommes, réfléchiront ;

6°. Les ministres et les membres du conseil peuvent faire partie de la Chambre ;

7°. Le pouvoir exécutif a même le droit d'introduire dans la Chambre des orateurs qui n'en font point partie;

8°. La force publique, le trésor et le droit de nommer à toutes les places

Voulez-vous un livre qui soit à la portée de toutes les conditions, tous les esprits, prenez celui du Père Michel. Voulez-vous faire parvenir la vérité jusqu'au fond du village le

appartiennent au pouvoir exécutif, qui a tellement centralisé dans ses mains l'administration, qu'il nomme même le moindre conseiller municipal;

9°. La Charte a restreint la responsabilité aux faits de *concussion* et de *trahison*; et elle est muette sur les abus du pouvoir.

Tel est le régime sous lequel nous sommes placés. Comme l'on voit, tout a été fait pour le pouvoir exécutif ou pour l'aristocratie, qui a encore dans la cour, dans la liste civile et dans nos mœurs, des appuis dont la puissance est incalculable.

Quel danger pourrait-il donc résulter, pour la monarchie, de ce que les députés fussent tous, sans en excepter un seul, de zélés et énergiques défenseurs des libertés nationales?

Les députés *attendent* la proposition des lois; ils ne peuvent donc ébranler le gouvernement par l'*initia-*

tive. Enfin, les députés ne peuvent rien sans l'assentiment des pairs et sans celui du Roi, même dans les amendemens.

On voit donc qu'en supposant que tous les députés se liguassent contre le pouvoir exécutif, ils seraient toujours dans l'impuissance de l'attaquer.

Mais, dit-on, *griefs* et *subsides* se tiennent par la main (suivant l'expression anglaise). Ainsi la Chambre des députés peut refuser le *budjet* et bouleverser l'Etat par son refus.

Quel homme raisonnable se laisserait effrayer par un pareil sophisme? Qui croira que des députés, choisis parmi les citoyens les plus riches et dans un âge avancé, puissent jamais songer à bouleverser un édifice à la conservation duquel tiennent leur sûreté personnelle, celle de leur famille et de leur fortune? Qui croira que le peuple secondât jamais de ses vœux une opposition désastreuse?

Je vais prendre un exemple dans la
fin du dernier siècle ; il offrira la preuve
évidente que les rep. sentans d'un
peuple, revêtus d'une puissance invin-
cible , quand ils sont les organes de la
volonté générale, ne sont que des
pygmées impuissans, s'ils osent subs-
tituer à leur mission sacrée des vues
intéressées, ou des passions particu-
lières.

Peu de temps avant notre révolution, l'on vit le roi d'Angleterre, étayé
d'une très faible minorité, ne pas
craindre de dissoudre le plus formi-
dable parlement. L'édifice fantastique
d'une opposition colossale s'écroula
soudain sur ses fondemens, et un instant vit disparaître une faction auda-
cieuse qui menaçait de tout envahir.
Pourquoi ? C'est que le peuple était
de l'avis du Roi, et non de celui du
parlement ; c'est que le peuple n'a
jamais qu'un intérêt, parce que le

bien public est essentiellement le sien. Georges III fit un appel au peuple anglais, et cet appel suffit pour dompter la faction.

Dira-t-on que le peuple français qui, dans tous les temps, a si courageusement défendu jusqu'à ses despotes, soit plus enclin à la révolte, ou moins confiant dans son gouvernement que ne l'est le peuple de la Grande-Bretagne ? On ne l'oserait, je pense.

Il faut donc chercher ailleurs la cause de tant d'accusations, de tant de calomnies contre des hommes connus par leur amour de la liberté constitutionnelle.

On ne verrait point des députés *indépendans* (et, par là, j'entends des députés qui ne se laissent ni corrompre, ni intimider) ; on ne les verrait point souscrire à l'abus des salaires, des pensions, des grades payés, sans

qu'ils eussent été mérités par des services réels ; ils ne souscriraient point
aux lois d'exception ; ils ne se tairaient
point sur la violation des lois fondamentales, sur les rigueurs employées
contre quelques-uns, sur l'impunité
de quelques autres, dans un régime
où le Roi seul est inviolable.

Des députés indépendans plaide-
raient avec chaleur la cause de ce
peuple laborieux, dont les sueurs
servent d'alimens à tant d'oisifs arro-
gans qui le méprisent ; ils ne souffri-
raient pas plus que les anciens parle-
mens, qu'un pouvoir étranger et op-
posé à celui de la France, s'établît
dans la France.

Ils respecteraient la royauté, ils
vénéreraient un prince vertueux ; mais
ils démasqueraient les dilapidateurs et
les factieux : ils ne cesseraient de
solliciter les réductions qui paieraient
nos dettes sans avoir recours aux em-

prunts ou à des impôts insuppor-
tables.

Je n'accuse personne, à Dieu ne
plaise ! mais les agens de l'autorité,
dans tous les temps et dans tous les
pays, seront avides de pouvoir.

Les grands seuls abordent les grands
en France ; et c'est là, n'en doutons
pas, l'une des causes originelles et les
plus fortes de la désunion des Français.

Ceux qui gouvernent n'ont ni le
temps, ni les moyens de pénétrer
dans l'intérieur de la tribu populaire ;
une foule d'individus les circonvient
pour les tromper ; ainsi, avec les
meilleures intentions, ils ne peuvent
échapper à l'erreur.

Dans les Chambres, on ne donne
pas même lecture des pétitions les plus
graves ; on outrage impunément aujourd'hui des citoyens que vous hono-
rez ; l'outrage qu'on leur fait rejaillit

sur vous-mêmes, puisque vos suffrages prouvent que vous partagez
leurs principes, et ni vous, ni ces
citoyens, ne pouvez publier les défenses à côté des accusations ! preuve
évidente que les accusateurs ont tort,
car ils s'empresseraient d'ouvrir la voie
aux défenses, s'ils ne savaient qu'elles
les confondraient.

On ne bâillonne que ceux qui ont
raison.

Si vous nommez des députés appar-
tenant à la tribu du pouvoir ou de
l'aristocratie, qui donc défendra la
tribu populaire ?

Si l'autorité législative émane de
ceux qui sont investis de la force publique, ou qui leur sont acquis, qui
donc vous défendra contre l'arbitraire ?

Mais, dit-on, *ce sont les hommes
ardens qui ont bouleversé la France ;* leur

rendrez-vous le pouvoir pour qu'ils
la bouleversent de nouveau ?

Je vais répondre à cette objection
dérisoire.

Il n'y avait que deux pouvoirs
au temps des bouleversemens : le
triomphe de l'un de ces pouvoirs, sur
l'autre, devait donc amener nécessairement le chaos. Le roi et le peuple
étaient en face, et aujourd'hui la
Chambre des pairs est non-seulement
placée en intermédiaire, mais encore
elle est formée des élus du Roi.

Ce ne peut donc être de bonne foi
qu'on vient comparer des époques et
des choses qui n'ont rien de pareil.

L'intérêt individuel se replie, s'agite
en tous sens ; ceux qui s'indigneraient
d'un refus, ne veulent pas des hommes
qui les refuseraient : ceux qui se re-
gardent comme les seuls hommes ha-
biles dans l'art de gouverner, ne veulent point de rivaux ni d'émules. Ceux

qui ne veulent pas qu'on écrive ne
veulent pas qu'on parle : ceux qui
veulent qu'on se laisse conduire en
aveugle, éloignent les lumières : tout
est là.

Est-ce après plus de vingt ans d'erreurs funestes données pour des vérités
utiles, après plus de vingt ans de pro-
messes qui n'ont jamais été accomplies,
que nous croirons encore ceux qui di-
raient : « Laissez-nous les maîtres, et
» nous consoliderons la liberté? »

Est-ce aujourd'hui qu'on nous per-
suadera que la partie démocratique du
gouvernement doit être ministérielle,
c'est-à-dire, qu'elle doit être l'instrument du pouvoir exécutif, lorsque le
système de pondération, consacré par la
Charte, exige qu'elle soit toute populaire, lorsqu'il exige surtout que la seconde Chambre soit l'active surveil-
lante du pouvoir exécutif?

Après avoir vu, en 1815, la chambre aristocratique obligée de soutenir les intérêts du peuple contre ceux qui devaient être ses défenseurs, le peuple, en 1817, chargera-t-il de ses intérêts ceux-mêmes contre lesquels il lui faut les débattre ?

Ou la monarchie représentative est vicieuse, et alors on n'a pas besoin de députés ; ou elle est le plus stable, le plus favorable des gouvernemens pour le peuple, pour le prince, pour la liberté, et par conséquent pour la tranquillité publique, et, dans ce cas, il faut qu'elle triomphe. Mais triomphera-t-elle, existera-t-elle même si on la prive de l'une de ses parties indispensables, d'une Chambre indépendante et toute entière dans les intérêts du peuple ?

Pour tout homme qui veut la Charte, pour tout homme qui est persuadé que le salut de la France tient à l'observation rigoureuse de la Charte, il est évident que nous ne jouirons d'une paix profonde que quand la puissance démocratique de la Chambre sera tout ce qu'elle doit être, c'est-à-dire, quand le peuple sera aussi bien représenté par la Chambre que le monarque l'*est par ses ministres* ;

Car si de l'équilibre des trois pouvoirs résulte l'ordre ; si leur conflit produit le repos, dénaturer l'un des pouvoirs, c'est dénaturer les deux autres, c'est détruire le système, c'est placer les *hommes* là où devraient être les *choses*, c'est rétablir la lutte, d'où naissent les révolutions dont on nous menace, c'est les forcer à naître des mesures mêmes par lesquelles on nous dit qu'on veut les empêcher.

Il n'y a jamais de révolutions dans les États dont le régime met le peuple à l'abri des attaques du pouvoir arbitraire ou de l'ambition et de l'orgueil du corps aristocratique, ce qui a fait dire à Sully : *Que les peuples ne se soulèvent jamais par envie d'attaquer, mais par impatience de souffrir.*

De là cette perfection, si justement vantée, de la monarchie représentative qui réunit tous les avantages du gouvernement d'un seul à l'indépendance républicaine.

J'ai dit ce qui a été fait pour assurer le pouvoir du monarque ; certes, rien n'a été oublié, et nous ne devons pas nous en plaindre ; mais il est essentiel de le faire remarquer ici.

Nous connaissons tous les avantages de *fait*, toutes les garanties de *droit* dont jouit l'aristocratie ; sa puissance, qui devrait être circonscrite dans la Chambre des pairs, couvre la France, elle exerce sur les provinces, et particulièrement à la cour, une domination qui trouve, il est vrai, de grandes résistances, mais qui n'est pas moindre qu'elle n'était autrefois.

Le pouvoir intérieur et ultramontain du clergé, les couvens, en un mot, l'ancien régime de fait, renaissent par parties, et ses incorrigibles partisans ne nous font pas mystère de leurs prétentions sans bornes.

Qui dirait que le peuple seul peut se passer de défenseurs ? il faudrait donc avoir oublié que la révolution fut causée par l'abus du pouvoir ministériel, par l'aristocratie qui opprimait le peuple en le méprisant, par l'invasion de la puissance ecclesiastique dans les choses temporelles, par le mépris des droits du peuple !

Il est temps que nous songions, non à nous faire notre part à nous-mêmes, car la Charte a réglé notre partage, et il nous suffit, mais à jouir de nos droits constitutionnels dans leur plénitude ; c'est-à-dire, à avoir aussi nos défenseurs fidèles et dévoués, dans le grand *arbitrage* national.

Ce n'est point oiseusement que je parle de l'*arbitrage national*. En effet, quelle image plus fidèle pourrait-on offrir du régime constitutionnel ?

Les droits de la nation existent dans la nature elle-même, tandis que tous les autres ne sont que conventionnels; les droits de la nation ne peuvent donc se passer de défenseurs, ou bien il faudrait dire qu'ils sont inattaquables; or, dans la longue histoire des siècles, on compte à peine quelques exemples de respect volontaire pour les droits des peuples.

Cependant, comme l'intervention directe de la nation est impossible; comme, dans une monarchie, la place publique ne peut-être un lieu de délibération, le régime constitutionnel établit ce mode de représentation nationale que j'assimile à un arbitrage solennel. Au lieu de se trouver en face du peuple, au lieu d'avoir à lutter

contre les passions et les flots tumul-
tueux de la foule, le pouvoir exécutif
et l'aristocratie n'ont à discuter, dans
cet arbitrage, qu'avec quelques députés; et ainsi, en mettant les intérêts et
les droits du peuple à couvert, en
régularisant, en centralisant, en per-
sonnifiant son action nécessaire sur la
chose publique, le régime représentatif assure la paix de l'Etat et le repos
des citoyens.

Mais il faut, je le répète, que le
peuple soit aussi bien représenté que
le sont le pouvoir exécutif et l'aristocratie, ou il n'y a plus d'équilibre,
plus de règles conservatrices, plus
d'*arbitrage* enfin, mais seulement une
collusion évidente contre le peuple.

Si l'on pouvait détruire les intérêts,
la fierté, les lumières, l'expérience,
les besoins, les désirs et les forces du
peuple, le gouvernement marcherait,
sans que l'Etat fût tourmenté par au-

cune secousse populaire ; mais en dé-
naturant la représentation du peuple,
on ne détruirait point la nécessité de son
influence positive dans les affaires publiques ; en un mot, en le privant d'une
représentation dévouée, on le forcerait
à s'occuper lui-même de ses intérêts ;
on le pousserait donc, je puis le dire,
vers la place publique ; on jetterait la
société dans le trouble, on provoquerait
le mécontentement, on préparerait les
matériaux des révolutions. Car, comme
l'a dit, d'après l'histoire, un orateur de
l'Assemblée constituante : « Lorsque
» personne ne représente le peuple, il
» finit toujours par se représenter lui-
» même, et c'est alors qu'il se porte à
» des excès terribles, qu'on aurait évi-
» tés en lui laissant des défenseurs, et
» qu'on n'a plus le droit de lui repro-
» cher. »

Electeurs, jugez si l'intérêt public,
si celui du prince et de l'aristo-

cratie elle-même exigent, autant que
celui du peuple, que la nation ait des
représentans fidèles, dévoués et énergiques, non pour attaquer, je le répète, car c'est de repos que nous
avons besoin, mais pour défendre
loyalement et courageusement les intérêts d'une grande nation qui veut la
liberté constitutionnelle, dont aucune
force humaine ne parviendra jamais
à la dépouiller.

Electeurs, jugez ceux qui osent
vous proposer, pour députés, des
hommes dont le pouvoir ou l'aristocratie disposeront, ou qui sont déjà
à eux. Ne l'oubliez pas, vous ne trou-
verez votre repos, votre salut, que
dans vos institutions; car les hommes
passent, ils sont inconstans, ils ont
des passions, tandis que les institutions traversent les siècles, sans varier,
sans s'altérer, quand les peuples les

respectent et savent les faire respecter. (1)

Martial SAUQUAIRE SOULIGNÉ.

---

(1) Je réponds ici aux demandes qui
m'ont été adressées, en autorisant telle
réimpression que ce puisse être de ce petit
écrit.

PRINCIPES DE D'AGUESSEAU,

Lorsque les constitutionnels invoquent les principes, se plaignent des lois ou des mesures qui sont contraires à la loi fondamentale, on les traite de rêveurs; lorsqu'ils s'élèvent contre les priviléges de fait dans un pays où le droit les a tous abolis, on les signale comme des esprits turbulens, envieux, ou comme des démagogues ennemis acharnés de toute monarchie et de toute légitimité.

Nous mettons donc nos atrabilaires censeurs en face des hommes mêmes qu'ils révèrent.

« Si l'on autorise quelquefois, si l'on » excuse du moins le mensonge dans

» les affaires d'Etat, c'est parce qu'il
» ne peut réellement y avoir mensonge
» entre des puissances ennemies, pour
» qui les paroles ne sont plus des signes
» de vérité.

» Mais quand on est véritablement
» dans le cas de la loi naturelle ; quand
» elle oblige effectivement (comme
» elle oblige le prince envers ses su-
» jets), il ne peut jamais être permis de
» la violer, même pour le bien de
» l'Etat ; et c'est vraiment pour de
» telles occasions qu'est faite la maxi-
» me : *Fiat jus et pereat mundus.* Périsse
» le monde plutôt que la justice.

» Ce qu'on appelle le salut de l'Etat,
» ou du peuple, est ce qui l'empêche
» d'être livré au ravage d'une armée
» ennemie, de devenir la conquête
» d'un usurpateur, de voir changer la
» forme du gouvernement, de voir
» périr ses lois, ses priviléges, sa li-
» berté, la société ; voilà ce qui mé-

» rite vraiment le nom de *salut du*
» *peuple*.......

   » Mais c'est étrangement abuser des
» expressions, de dire qu'il s'agit du
» salut du peuple ou de l'État, quand
» il n'est question que de trouver un
» moyen de libérer le Roi de ses
» dettes, etc........ »

   C'est ainsi que parlait d'Aguesseau
sous l'ancienne monarchie ; il disait
aussi :

   « Qu'aucune loi ne peut déroger
» aux mœurs, aux usages nationaux.....
» Que la loi civile n'a aucun pou-
» voir contre la loi fondamentale,
» et que les lois qui lui sont oppo-
» sées sont injustes et nulles.... Enfin
» que la puissance des lois ne peut
» tourner contre l'autorité quelle n'a
» reçue que pour elle. »

   Si nous faisons cette citation, si
nous y en ajoutons d'autres, ce n'est

pas, assurément, que les matières nous manquent, et que nous soyons forcés de dépecer les livres des autres pour en composer un.

Mais les incorrigibles, et leurs valets de plume, nous ramenant sans cesse au vieux temps, et méprisant tous les raisonnemens contemporains, il faut bien que nous les mettions en face des hommes et des époques qu'ils veulent changer en témoins contre nous, ou, plutôt, contre la liberté.

LE COLONEL FABVIER.

Le colonel Fabvier n'a besoin ni d'être loué ni d'être défendu ; mais sa cause est devenue celle de tous les amis de la justice et de l'humanité : nous ne pouvons donc nous dispenser, dût-il s'en plaindre, de parler de lui un instant.

Lorsque le colonel a publié son premier ouvrage sous le titre de : *Lyon en 1817*, il n'y a eu qu'un cri parmi certaines gens ; et en écoutant ce cri de fureur, les hommes sages ont dit : « Le colonel a mis le doigt sur la plaie, » et ses trente et une pages vont enfin » mettre un terme aux prétendues » conspirations. »

En effet, avant cette époque, il n'était bruit que de complots, que de projets de soulèvemens, tantôt dans un lieu, tantôt dans un autre, surtout dans l'est du royaume, et cependant, sans qu'il ait été proclamé aucune loi martiale, sans que les prisons et les tribunaux aient été encombrés de nouveau, on a vu tout à coup un calme profond succéder à la plus violente agitation ; et ce peuple, qu'on nous peignait comme l'ennemi le plus acharné du gouvernement légitime, n'a pas offert matière, par sa conduite, même au moindre reproche de la part de ses plus cruels détracteurs.

Que si ce n'est pas l'écrit du colonel Fabvier qui a produit ce changement si subit, qu'on nous en explique donc la cause, qu'on nous signale l'homme habile et bienfaisant qui a su pacifier cette intéressante partie du royaume, afin que les Français puissent lui expri-

mer une reconnaissance à laquelle il a
acquis de si justes droits.

Quoi qu'on puisse penser de la ces-
sation subite et absolue des troubles
du Rhône et de l'Isère, on ne pourra
nier que c'était se montrer bien injuste
et bien maladroit que d'accuser le colonel d'avoir écrit pour allumer l'in-
cendie et provoquer la guerre civile.

Mais ne sommes-nous pas accoutu-
més à entendre certains Jérémies politiques crier à la démagogie, toutes les
fois qu'ils sont réduits à l'impuissance?

Si les troubles de Lyon ont été pen-
dant trop long-temps une énigme
inexplicable, n'est-il pas vrai de dire
aujourd'hui que le calme qui leur a
succédé en a parfaitement expliqué le
mot?

Ce n'est pas en France seulement
qu'on juge ainsi cette importante et
trop célèbre affaire; les gazettes étrangères ont émis la même opinion, et il

nous serait facile de le prouver par de nombreux extraits de ces gazettes ; mais cela nous mènerait trop loin, et il nous suffira de montrer dans quel esprit elles parlent du colonel Fabvier.

Elles le peignent comme un homme instruit, aimant passionnément son pays, la justice et la liberté constitutionnelle. En lui, disent ces gazettes, la bravoure est rehaussée par le désintéressement, par une modestie et une simplicité de mœurs portée si loin, qu'il vivrait heureux, fût-il réduit à une modique rente de 300 francs.

Le colonel est toujours demeuré étranger aux brigues, préférant l'estime publique à un avancement qui n'eût pas été le prix de ses services ; on ne l'a donc jamais vu dans les rangs des solliciteurs.

Lorsqu'il a pris la plume pour entretenir ses concitoyens des malheurs de Lyon, il n'y a été poussé par au-

cune passion ; il n'avait aucune injure
à venger, aucune haine à servir ; il
n'est l'homme d'aucun homme, d'aucun parti ; mais, ayant été placé de
manière à pouvoir sonder les plaies
secrètes dont le public ignorait l'origine, il a cru que son devoir exigeait
la publication qu'il a faite ; il savait
qu'il perdrait son activité dans l'armée
et que les passions se déchaîneraient
contre lui ; mais son dévouement à la
belle cause de la vérité et de la liberté
n'a pas été arrêté par des considérations devant lesquelles tant d'autres auraient reculé.

Il a donc ouvert la lice : les défenseurs de l'humanité se sont élancés sur
ses traces, et la France entière sait
aujourd'hui à quoi s'en tenir sur les
évènemens de Lyon, de Grenoble,
du Gard, de Marseille, d'Avignon, etc.

Voilà comme les gazettes étrangères
parlent du colonel Fabvier.

Lorsqu'il n'était bruit que des provocations dont on le disait l'objet, un grand nombre de militaires, de citoyens de tout rang lui ont offert leurs secours.

Le colonel a attaché glorieusement son nom à l'histoire d'un pays trop célèbre par ses malheurs; il est entouré de l'estime publique; fort de tant d'alliances, il avait donc pu, jusqu'à ce jour, mépriser des haines individuelles et des cris impuissans; mais l'assassinat commis sur la personne du lieutenant-colonel Dufay, apprend à M. Fabvier, et à plus d'un autre, que tous les ennemis n'attaquent pas les braves en face.

ANECDOTE DE COUR.

QUELQUES ministres se plaignaient à un roi constitutionnel des entraves que les *partis* mettaient à leur administration.

« Vous avez tort de vous plaindre ;
» leur répondit sagement le monarque,
» les partis sont l'âme du gouverne-
» ment représentatif : si vous ne trou-
» viez ni contradicteurs, ni censeurs,
» mon gouvernement serait, par cela
» même, despotique ; or, il doit être
» entièrement constitutionnel : gardez-
» vous donc de réclamer aucune me-
» sure qui puisse restreindre la liberté
» des citoyens ; je veux qu'ils puissent
» élever librement la voix, soit pour

» vous reprocher vos erreurs, soit
» pour demander la répression des
» abus d'autorité. C'est, en eux, un
» droit imprescriptible qu'il serait aussi
» injuste que dangereux d'attaquer.

» Vous êtes, plus que personne de
» mon royaume, sous l'égide des lois,
» puisque c'est vous qui êtes chargés
» du soin d'en maintenir l'exécution :
» votre sort est donc assez beau, assez
» digne d'envie.

» Croyez-moi, accoutumez-vous à
» votre condition, au lieu de vous en
» plaindre, et riez vous-mêmes des
» traits de la malice : c'est le meilleur
» moyen de les émousser.

» Si l'on cherche à égarer les esprits
» par de faux raisonnemens, chargez
» vos écrivains de les combattre : la
» cause de la raison triomphe toujours
» quand elle a l'autorité pour appui.

» Si, au contraire, vous avez tort,
» mettez à profit la censure qu'on fera

» de votre conduite : il n'en coûte
» jamais aux hommes de bien de re-
» connaître leurs fautes.

» C'est assez de réprimer la licence,
» de châtier les factieux ; les lois ne
» peuvent jamais être l'arme de quel-
» ques vanités, de quelques intérêts
» individuels, sans que l'État ne
» tombe bientôt dans le désordre.

» Administrez mon royaume avec
» sagesse, avec impartialité; respectez
» la constitution, rendez le peuple
» heureux, il vous bénira, et ses ac-
» clamations étoufferont quelques cris
» poussés par les méchans. »

Ce discours, prononcé devant témoins, se répandit rapidement dans le
peuple, et il gagna les cœurs au roi ;
car le peuple n'est jamais ingrat envers
les princes qui respectent la justice.

LIBERTÉ DE LA PRESSE

EN ANGLETERRE.

Si l'on veut savoir jusqu'où va la liberté d'écrire en Angleterre, on peut en juger par l'extrait suivant d'un écrit qui a été déféré à un jury, et dont l'auteur, ainsi que l'imprimeur, ont été acquittés.

Nous ne donnons que les lettres initiales des noms propres qu'on trouve dans l'écrit anglais : nous avons dû par prudence les supprimer, car ce qui a été jugé *non coupable* à Londres, pourrait bien donner lieu, à Paris, à une condamnation.

On verra qu'un ministre anglais doit
avoir la peau dure pour résister aux
traits qui sont lancés contre lui ; c'est
ainsi qu'il en doit être sous un gouvernement représentatif.

« La soif du pillage, chez nos hommes d'Etat, semble augmenter en
raison du décroissement de nos richesses. Le seul retranchement au-
quel ils aient été obligés de se sou-
mettre, n'a produit que le renvoi
de quelques vieux serviteurs ayant
bien mérité de l'Etat, tandis que le
salaire de leurs inutiles supérieurs a
été augmenté : des hommes tels que
C.........h, s'associent à des hommes
tels que C.....g, et forment une ligue
dont le but est l'oppression de leur
pays ! Telle est l'impudence de C.....g,
qu'il ose siéger comme législateur dans
une assemblée dont il devrait être
chassé avec exécration.

» Quelle comparaison à faire, en
fait de crimes, entre le misérable qui,
poussé par le besoin, commet un léger
vol, et l'homme d'Etat qui abuse du
dépôt le plus sacré, qui trahit la confiance de toute une nation, et la dé-
vore comme un vautour affamé ! Si le
gibet attend l'un, comment l'échafaud
n'est-il pas préparé pour l'autre ?
C'est profaner le nom sacré de justice, que de provoquer ses arrêts contre
le premier, en laissant le second im-
puni.

» Il n'y a de pays prospère que
celui où l'on est bien pénétré de cette
vérité, que la misère et les vices du
peuple prennent leur origine dans la
corruption et les vices des grands;
qu'il faut atteindre le crime dans sa
source, détruire la cause au lieu de le
frapper dans ses effets. Un malheureux qui, pour se procurer des ali-

mens, s'est livré à quelque acte de
violence, peut être plaint et par-
donné; mais un brigand par calcul et
par habitude ne mérite que châtiment:
on le voit monter à l'échafaud sans
émotion, sans pitié. »

ANECDOTE.

UN Anglais, en arrivant de Londres
à Paris, est empressé de lire les journaux, pour apprendre ce qui se passe
en France. On les lui met sous les
yeux, il les parcourt avec impatience,
et se plaint qu'on ne lui ait donné que
le même journal, sous des noms différens. — C'est, lui dit-on, ce qui
prouve que la vérité est une. — Il avait
dans sa poche la *Chronique* impri-
-mée à Londres ; il la lit tout haut ,
et il apprend aux Parisiens ébahis ce
qui se passe en France, avec une feuille
d'Angleterre.

L'HEUREUSE RENCONTRE.

Je me trouvais, il y a quelques jours, dans un cabinet littéraire à côté de deux étrangers qui raisonnaient sur la France.

« Quel méprisable peuple, disait l'un d'eux (il était Anglais), que celui qui lit, sans indignation, dans l'un de ses journaux (j'adoucis prodigieusement les expressions), ces mots étranges : A Thionville *les Prussiens ont mis le comble à la joie publique* (le 25 août) *en tirant* 101 *coups de canon !* (1) Lord Stanhope n'avait-il pas cent fois raison

(1) *Journal des Débats* du 3 septembre.

en couvrant d'opprobre cette nation dégradée ?

» Vous allez trop loin, répondit l'autre étranger, qui est citoyen des Etats-Unis. La bassesse et la dégradation de quelques écrivains stipendiés ne rejaillissent point sur tout un peuple. — Comme il vous plaira; mais si jamais un journaliste osait publier pareille chose à Londres, il serait mis en pièces, et sa maison serait démolie, rasée dans quelques heures. Comment ! la France est sous le joug le plus humiliant qui ait jamais été imposé à une nation : indépendance, trésors........ (je supprime un mot) tout lui a été ravi. Les Prussiens, maîtres de Thionville, se sont servis des canons et de la poudre de la France pour faire leur salve, et l'on continue à lire un journal qui s'extasie sur le bonheur des habitans en un pareil jour !

» Mon sang bouillonne quand je songe que les troupes anglaises ont été obligées quelquefois d'abandonner le champ de bataille à des Français, et les Français souffrent parmi eux un homme qui a écrit de pareilles choses ! ! ! Ils sont dignes de leur sort et et de cent fois pis encore.

» Vous vous laissez emporter trop loin par la passion, répliqua l'Américain ; les mœurs des Français sont plus douces que les vôtres ; la violence et l'emportement ne sont point dans leur caractère, et il n'a pas fallu moins que toute la perfidie, toute la froide cruauté des contre-révolutionnaires, pour pousser le peuple français aux excès dont il s'est rendu victime lui-même.

» Lisez l'histoire du despotisme féodal et royal de la France, vous verrez que les massacres, que les guerres ci-viles ne furent jamais préparés et commandés que par les grands et par les papistes; vous verrez que ce furent toujours eux qui appelèrent les étrangers à leur secours, et qui leur livrèrent les provinces, les richesses du royaume.

» Vous n'êtes donc pas moins injuste, en accusant le peuple français d'aujourd'hui, que vous ne le seriez en accusant celui du 16e. siècle d'avoir fermé les portes de Paris à Henri IV.

» En France on n'a jamais accordé au peuple ni droits, ni liberté, ni existence politique réelle, ni moyens de se former un esprit public; il est donc bien plus à admirer qu'à blâmer; car quoi de plus étonnant dans sa position, que le concert unanime de ses vœux pour l'indépendance intérieure et extérieure, que cette constance avec laquelle il a supporté tant de violences au-dehors et au-dedans?

» Si l'on donnait la moindre cortection à un journaliste (*bien pensant*) pour avoir outragé le peuple français en masse, même de la manière la plus sanglante (ce qui arrive souvent), les tribunaux seraient bientôt saisis de la plainte ; il se pourrait même que le ministère public ne l'attendît pas, et qu'il poursuivît d'office.

» Les journalistes sont donc inattaquables en tout ce qu'ils disent d'injurieux contre le peuple, contre les constitutionnels, contre les hommes et les évènemens de la révolution ; d'ailleurs ils n'impriment rien qui n'ait été autorisé par la police, ce qui leur donne un caractère presqu'officiel ; or, dans le régime actuel de la France, serait-il un homme qui pût lutter contre les protégés de la police, ou de la vieille aristocratie ?

» Le peuple français est donc forcé d'entendre tout ce qu'il plaît au parti dominant de publier contre lui, et il n'a aucun moyen d'exprimer son indignation contre ceux qui se prosternent devant les coalisés.

· La *Note secrète*, qui n'a pas donné lieu à la moindre instruction, au moins qu'on sache, la *Note secrète* nous montre assez ce que peut oser impunément un parti, et *combien est grande son influence*.

• De là tant de choses étranges, et ces écrits, subversifs de toute liberté, qui circulent librement; de là ces *houzzas* si violens contre une poignée d'écrivains ou d'orateurs qui défendent les droits et les libertés de la nation; en un mot, jamais il ne fut fait des attaques moins dangereuses pour les assaillans, des attaques plus multipliées et plus obstinées contre un peuple qui veut la liberté.

» Vous jugez donc mal les Français en les taxant de lâcheté, parce qu'ils ne brisent pas les presses des journalistes

qui parlent le langage de la dégradation.

« Il n'est point de pays au monde
où le peuple soit plus soumis aux
lois ; il n'en est pas où la protection qu'il a droit d'en attendre soit
moins positive, moins assurée. Voilà
des considérations qu'il faut peser avant
de se porter accusateur du peuple français, et c'est ce que vous n'avez pas
fait.

« Soyez sûr qu'il n'est pas un lec-
teur sur cent qui ne frémisse en lisant
ces articles, ces itinéraires, ces écrits
scandaleux que publient les vils flagor-
neurs des coalisés, en lisant ces étranges maximes du pouvoir arbitraire ou
ultramontain, ces diatribes dégoûtan-
tes contre les zélés partisans du régime
constitutionnel, ces éloges d'un temps
détesté, qui sont *dictés* ou *payés* par la
vieille aristocratie, ou par ceux qui
étant d'accord avec elle sur le despo-

tisme, sont seulement en conflit au sujet du pouvoir de l'exercer.

« La même feuille, en annonçant l'ouvrage d'un M. de Saint-Chamans, a été plus loin encore, dans un autre genre, car le journaliste a eu l'impudeur de braver la nation, et je pourrais dire l'Europe, en annonçant qu'à la prochaine session des Chambres la France recevra le bienfait du Concordat de 1817, en disant que ce *Concordat n'est repoussé que par les ennemis de la religion et de la monarchie.* » (1)

Jusque-là, en prêtant toute mon attention à l'entretien de ces deux étrangers, j'avais feint de lire, mais ici je levai les yeux sur eux, et interrompant tout à coup l'Américain (je crois que je lui serrai la main) : « Je vous remercie,

---

(1) Je donnerai dans un autre article le discours de l'Américain à ce sujet.

lui dis-je ; vous venez de juger mes compatriotes comme ils doivent l'être. Pour monsieur, il est Anglais ; et quoiqu'il aime passionnément la liberté, le préjugé national l'emporte en lui sur la justice, ou bien il ne fait qu'arriver en France. »

« C'est vrai, dit l'Anglais ; il n'y a que huit jours que je suis débarqué. Je n'ai encore pu faire aucune observation : je n'ai jugé votre pays que d'après les journaux, et c'est dans leurs articles que j'ai trouvé les motifs du mépris que je viens d'exprimer, injustement peut-être ; mais mon erreur est pardonnable.

» Depuis que j'existe j'ai toujours lu des journaux libres ; les vôtres ne cessent de nous dire que la France est contente et heureuse, qu'elle bénit ceux qui l'ont débarassée de la fatale liberté de la presse ; qu'elle a en horreur ceux qui la réclament ; que ceux-

ci ne sont que des incendiaires, des
démagogues furieux qui se révoltent
contre toute espèce de frein, et qui
sont les ennemis furibonds de tout
gouvernement. Savez-vous qu'il est
très-difficile à un Anglais de ne pas
croire que tout cela soit exact, surtout
en lisant, par ci par là, quelques articles assez libéraux, dans certaines
feuilles ? Comment me serait-il venu
à l'esprit de penser que ces articles
n'étaient soufferts que pour donner
aux gazettes les apparences d'une discussion libre sur les matières politiques ? Ce raffinement-là n'est point
connu chez nous.

» Si notre *Courrier* nous distribue
des mensonges, s'il fait l'éloge de tout
ce qui tient au despotisme, nous trou-
vons le contre-poison de ses maximes
dans d'autres journaux, et je puis vous
assurer qu'on ne lit pas chez nous ceux
du ministère pour y croire, mais seu-

lement pour se tenir au courant de ses rubriques politiques.

» C'est cette liberté d'écrire qui contient l'arbitraire, qui impose aux charlatans et aux jongleurs, et qui entretient chez nous le foyer du patriotisme ; mais puisque le vôtre est forcé d'être muet, je consens à attendre pour le juger. Lorsque j'aurai terminé quelques affaires que j'ai ici, prenant exemple sur quelques milliers de mes compatriotes, je parcourrai vos provinces, dans l'équipage le plus modeste, afin de pouvoir pénétrer plus sûrement jusqu'au village, et soyez sûr qu'aucune prévention nationale n'influencera mes jugemens.

» J'ai parcouru l'Inde, les Etats-Unis ; je me propose de parcourir de même l'Amérique espagnole ; partout je suis et je serai toujours Anglais, mais je ne serai jamais injuste pour les peuples. Je sais trop que tout, chez

eux , jusqu'à leurs excès de cruauté ou
de dépravation , a sa source dans leur
gouvernement.

» Lorsque les Américains s'entre-
égorgèrent , durant la guerre de l'indépendance , ils étaient poussés par le
cabinet de Saint-James et par ses agens.
Le jour que les Américains ont vaincu,
le jour que la liberté a été fondée chez
eux , ils sont redevenus doux , hu-
mains , hospitaliers , comme le furent
les Suisses après l'affranchissement de
leur patrie, et comme le sont toujours
les peuples libres.

» Je sais que les excès s'engendrent
les uns les autres , et que leur inten-
sité est toujours dans une proportion
relative ; en sorte qu'il n'y a que des
patriotes modérés là où l'on n'a point à
lutter contre un pouvoir audacieux et
arbitraire , et qu'il n'y a jamais eu de
démagogues que là où il y a eu une

tyrannie royale ou aristocratique très-
violente.

» En effet, la colère, dans l'homme,
n'est point un mouvement naturel;
elle ne naît que d'une injure grave,
que d'une attaque violente contre lesquelles il a à se défendre. Si de la colère l'homme passe à la fureur, ce n'est
encore que parce qu'il a été poussé à
l'extrême. Or, cette vérité est bien plus
applicable à la masse d'un peuple qu'à
un individu; et lorsqu'on a un peu
étudié l'histoire des nations, on est con-
vaincu qu'elles sont toujours inno-
centes, que ce sont toujours ceux qui
les gouvernent mal ou qui les irritent
qui sont coupables des maux et des
désordres publics. »

L'heure du dîner approchait; j'en-
gageai les deux étrangers, ils accep-
tèrent, et nous ne nous séparâmes qu'à
dix heures du soir; mais ce ne fut pas

sans nous promettre de nous réunir souvent.

L'Américain a un rang qui lui permet de pénétrer bien des mystères ; s'il m'est possible d'invoquer quelquefois son témoignage, je m'en servirai.

L'Anglais est un cosmopolite qui voyage par goût, par esprit d'observation. Il vient de commencer sa tournée en France, il m'a promis de m'écrire fréquemment ; et, comme de raison, nous nous sommes arrangés pour que la police ne se trouve pas en tiers dans notre correspondance. Je publierai donc quelquefois des lettres ou des fragmens de lettres de ce voyageur.

Extrait de la harangue de P. Pithou, parlant au nom du peuple, aux Etats des Ligueurs.

Nous n'avons plus de voluntez ny de voix au chapitre.

Nous n'avons plus rien de propre que nous puissions dire: cela est mien: tout est à vous, messieurs, qui nous tenez le pied sur la gorge.....

Mais l'extrémité de nos misères est, qu'entre tant de malheurs et de nécessitez, il ne nous est pas permis de nous plaindre, ny demander secours: et faut, qu'ayant la mort entre les dents, nous disions que nous nous portons bien, et que nous sommes trop heureux d'estre malheureux, pour si bonne cause, la vostre!....

Où est la majesté et gravité des par-
lemens, jadis tuteurs des roys, et
médiateurs entre le peuple et le
prince ?....

Vous avez chassez les meilleurs gens,
et n'avez retenu que la canaille pas-
sionnée ou de bas courage. Encor,
parmy ceux qui ont demeuré, vous ne
voulez pas souffrir que quatre ou cinq
disent ce qu'ils pensent, et les menez
comme des hérétiques. Et néanmoins,
vous voulez qu'on croye que ce que
vous en faites n'est que pour la conservation de la religion et de l'estat....

Je ne dis rien que toute la France,
jusques aux plus petits, voire que le
monde universel ne sçache : car toutes
les sanglantes tragédies qui ont esté
jouées sur ce pytoyable eschaffaud
françois, sont toutes nées et procédées
de vos querelles, et non, à vrai, de
réligion, comme les papelarts ont

fait jusques icy croire aux simples et
idiots.....

Vous ne nous ferez pas précipiter
du pinacle du temple. Il n'y a ny *pa-
radis* bien *tapissez* et *dorez*, ny proces-
sions, ny confiéries, ny quarantaine,
ny prédications ordinaires ou extraor-
dinaires qui nous donnent *à manger.*
Les pardons, stations, indulgences,
brefs et bulles sont toutes viandes
creuses qui ne rassasient que les cer-
veaux éventés.......

Nous n'aurons plus ces chenilles
qui sucent et rongent les belles fleurs
des jardins de la France, et s'en peignent de diverses couleurs, et en un
moment, de petits vers rampans contre terre, deviennent grands papillons
volans, peinturez d'or et d'azur.

On retranchera le nombre effréné
des gens, s'accommodant du plus net et
plus clair denier, et qui du reste taillent
et consent à leur volonté, pour en dis-

tribuer seulement à ceux de qui ils es-
pèrent recevoir une pareille, et inven-
tent mille termes élégants pour remon-
trer la nécessité des affaires.

Nous n'aurons plus tant de gouver-
neurs qui font les roytelets. Nous
serons exempts de leurs tyrannies et
exactions, et ne serons plus subjets aux
gardes et sentinelles, où nous perdons
la moitié de notre temps, consommons
nostre meilleur âge, et acquérons des
catarres et maladies qui ruinent nostre
santé.

Le roy donnera ordre à tout, et
retiendra tous ces tyranneaux en crainte
et en devoir; il retranchera les ailes
aux ambitieux, fera contenir un chacun aux limites de sa charge, et con-
servera tout le monde au repos et
tranquillité.....

Vous n'avez pas encore bien com-
mencé, messieurs de la ligue, et vous
avez beaucoup néanmoins lieu de vous

désespérer désla, car vous avez jetté
vostre grand feu, et nous ne faisons
qu'à peine nous mettre en haleine;
enfin vous perdez votre crédit lorsque
vous auriez plus besoin de l'augmenter; vos partisans commencent à se
lasser, et ne veulent plus se faire cas-
ser la teste pour l'intérêt de votre affaire, que vous avez si joliment gastée
qu'il n'en reste plus d'espoir de bon-
nification.

Au contraire, voilà les vrais et bons
Français qui s'éveillent à bon escient,
et sont appellés à marcher sous la ban-
nière de l'estat véritable, pour chastier
les conjurateurs, et chasser tous ceux
qui troublent et partialisent le royaume.....

Je reviens à vous, messieurs, qui
avez estés les principaux oustils et ins-
trumens desquels a esté bastio ceste
ligue, et qui avez fait entrer en vostre
conjuration maintes contrées pour

toutes ensemble les faire courir sus
au parti qui n'est pas vostre, et faire
establissement de l'estat à vostre fan-
taisie.

Vous nous avez enfin, tout à descou-
vert, manifestés la querelle de l'estat que
des chefs avaient si longuement des-
guisée; car avez levé le masque, et, qui
pis est, voulez forcer tout le monde à
jurer avec vous et marcher sous vostre
couleur, sur peine d'estre déclarés vé-
ritables hérétiques, comme si vostre
belle ligue estoit un nouvel article de
foy, et qu'estre hérétique et n'estre
pas de la ligue fût tout un.

Dites-moi, s'il vous plaist, qui vous
a donc baillé cette autorité sur nous ?
qui vous a donné cette supériorité en
le royaume ? où sont vos lettres d'at-
tribution et de juridiction sur ceux que
la loi et les réglemens royaux n'ont pas
faicts vos justiciables ?

Direz-vous que le bruict des armes

vous empesche d'entendre la voix et le
commandement des loix ? N'y a d'armes que dans vos mains : vous avez
les harquebuzes, les pistolets, les
espées, hallebardes, et nous, chétifs,
avons les bastons en mains, comme
pauvres : ne vous avons en rien con-
trebarrez ni faict aucun heurt d'actions
ni de paroles ; ainsi ne peut estre le
bruict des armes qui vous assourdisse.

Quelle pitié, Seigneur Dieu, de
voir aujourd'hui ceste France, en laquelle s'accordoient de leurs différents
et venoient chercher justice les princes
estrangers, et tant grande protection,
estre devenue, grâce à vous, le récep-
tacle de tant de *satanas*, masqués en
bons saints, ou traistres en serviteurs
fidèles, et le lieu d'humiliation la plus
grande en Europe.....

La ligue ne viendra jamais à matu-
rité, ains sera comme la mauvaise
herbe, tirée et arrachée à mesure

qu'elle s'aparoistra et voudra monstrer sa teste parmy le froment et autres bons grains : car l'humeur de liberté a pris racine au cœur de tous les Français, et faudroit ouvrir tous leurs estomachs avant que la pouvoir arracher.

De ce que dessus résulte l'impossibilité et l'injustice des conjurés, qui demandent un changement d'estat et de monarchie.....

Nous avons véritablement beaucoup d'occasions d'aimer la ligue ! car nous estions tous d'accords ensemble avant que ces gens icy n'ayent mis les mains par-tout, pour tout renverser ou brouiller, en comptant faire leur profit, n'importe aux dépens de qui.

Ce n'était pas la paix que demandoit la ligue ; et comme l'hérésie estoit esteinte en ce royaume, ainsi il ne lui restoit plus de couverture pour prendre les armes et parvenir à l'usurpation de l'Estat , elle s'est mise aux champs , elle a feinct de vouloir courre sus aux huguenots , que nous ne cognoissions quasi plus.

Messieurs , un chacun voit ce que c'est. Vous serez tousiours de telle religion que l'on voudra , et vous espouserez , en grande hâte , celle qui vous ouvrira le chemin de l'establissement de vostre grandeur , selon vos projects et malheureuses intentions.

Que le Grand-Turc mette la couronne royale sur la teste à vostre convenance , à charge par vous de prendre le turban le lendemain , le ferez porter à tous ceux de vostre ligue , et au lieu de l'Evangile , les ferez croire en l'Alcoran.

C'est affaire à des badauds de penser que des brigands , des voleurs , des assassinateurs , des boutes-feu , ayent une religion. Ce sont plustot de vrais athéïstes , eux et leurs sectateurs ; car de

croire en Dieu qui punit les malfaicts,
et néanmoins s'y abandonner à toute
bride, ne peut être du même faict.
Ceux qui sont usaigés en la crainte véritable de Dieu et vrais bons coutu-
miers de l'Esvangile en sa charité re-
commandée, choisiroient plustost toute
espèce de mort, que de persécuter tout
le monde pour leur ambition.

(*La suite au tome suivant*).

DÉPUTÉS A ÉLIRE.

M. Grégoire.

LA nation française, naturellement très-spirituelle, est exercée depuis deux siècles de goût et de raison à penser par elle même, et à juger ceux qui pensent pour elle; depuis trente ans elle est éclairée sur les vrais principes de l'ordre social par une foule de bons ouvrages et par ses propres expériences; elle doit avoir, et elle a les notions les plus exactes, les plus claires sur le genre des *connaissances*, des *talens* et des *vertus* qui rendent dignes de la représenter à la chambre des députés. Les regards de la France se portent, sans doute, d'eux-mêmes sur les hom-

Tome X. 7

mes déjà signalés par les qualités néces-
saires pour réunir sur eux les vœux des
colléges électoraux ; et si la France per-
sonnifiée pouvait élever sa voix, elle
dirait à ses électeurs :

« Accordez exclusivement vos suffrages, c'est-à-dire les miens, aux
hommes qui, remplissant les conditions exigées par la Charte, n'ont jamais mis en doute ni les droits immuables du peuple, ni l'autorité constitutionnelle du Prince, la seule qui soit
légitime d'après la Charte qu'il a rédi-
gée et juré d'observer religieusement ;
aux hommes qui savent que la division
des pouvoirs est indispensable pour les
balancer, les éclairer, et les limiter
l'un par l'autre : que sans la responsabilité des agens du Prince, sans la
liberté de la presse, et sans des jurys à
côté de tous les tribunaux criminels et
correctionnels, la justice et la liberté
publique restent sans garanties et ne

sont que de vains noms vainement gra-
vés dans une Charte.

» Que les hommes élus par moi et
pour moi soient éclairés sur mes affaires
et sur mes intérêts de tous les momens,
comme sur mes droits éternels : qu'ils
soient capables de les pénétrer dans
tous leurs détails, et de les résumer
dans leur ensemble : qu'ils aient le talent de la parole pour m'instruire et
pour me défendre, mais que ce talent
ne soit pas une vaine éloquence, qu'il
soit l'expression précise, nette et éner-
gique des vérités que je dois graver dans
mes lois et dans ma morale : que les
députés, envoyés par vous dans le
temple des lois, y arrivent précédés
et comme consacrés par la renommée
de leurs bonnes mœurs et de leurs vertus : que la puissance avec toutes ses
séductions, et la force avec tous ses
moyens, n'osent même essayer de les
corompre ou de les effrayer. »

Il n'y a pas une de ces recomman-
dations, ou plutôt de ces lois de la
France, que les électeurs ne soient
sûrs de remplir religieusement en ac-
cordant leurs suffrages à un citoyen tel
que l'ex-sénateur *Grégoire*. On peut en
appeler à sa vie active, elle répondra
de tout pour lui, de ses *connaissances*,
de ses *talens* et de ses *vertus*.

Envoyé aux *Etats généraux* par un
bailliage de la Lorraine, les premiers
mots qu'il y prononça furent les principes les plus purs de l'assemblée constituante. Il fut l'un des premiers, ou
même le premier à passer de la chambre du clergé parmi les représentans
du peuple : il parlait et agissait au nom
de la raison humaine et de la raison
divine ; il invoquait à la fois la nature
et l'évangile : il était *citoyen* et *prêtre*,
et l'un et l'autre en toute sincérité, en
toute conscience. Toutes ses opinions
dans l'assemblée constituante, où il

parla souvent, respirèrent ces deux ca-
ractères qui devraient n'en faire qu'un
dans les ministres de nos autels.

Envoyé à la convention avec la dignité évangélique d'évêque de Blois,
en embrassant la république établie par
les événemens, avant de l'être par un
décret, il en redouta les excès et ne
manqua aucune occasion de leur oppo-
ser ses vertus personnelles ; il ne prit
point part au terrible procès, encore
moins parce qu'il était absent que
parce que la peine de mort est, selon
ses principes, également repoussée par
le droit naturel et par le droit social,
et parce que pontife d'un Dieu et d'une
église de miséricorde, un arrêt fatal ne
pouvait sortir ni de son cœur ni de sa
bouche.

Lorsque des hommes qui ne se
croyaient libres qu'en faisant de leurs
passions leurs droits, et les lois des autres, prétendirent, à la face des nations,

imposer aux prêtres du christianisme
l'abjuration des dogmes de leur croyan-
ce, et d'un Dieu que l'univers démon-
tre, l'évêque de Blois répondit, à peu
près comme Polyeucte: *Je suis chrétien*;
ce qui prouvait qu'il n'était possible de
faire de lui qu'un martyr.

Après que la république eut passé
d'un consul amovible à un consul à
vie, d'un consul à vie à un empereur;
au milieu des prestiges et des prodiges
de la gloire la plus éblouissante, M. Grégoire, qu'on appelait *Comte*, mais qui
ne voulait être que citoyen et évêque,
n'oublia jamais que la France, qu'elle
se nommât république ou empire,
pouvait avoir un chef, mais ne pouvait
pas avoir un maître; et il fut toujours
du nombre de ceux qui votèrent au
Sénat en hommes libres, en vrais défenseurs de la liberté de leur pays.

On peut avoir, sur les talens de
M. Grégoire, une idée plus positive

et plus fondée que sur les talens de ceux qui n'ont été qu'orateurs à la tribune ; il a écrit, et tous ses ouvrages dénotent en lui une âme profondément sensible, une logique saine et puissante, un goût formé sur les modèles de ce *Port-Royal*, qui a donné à la France la prose de Pascal et les vers de Racine.

Son *Histoire des Sectes nées dans le Christianisme au dix-huitième siècle*, est un monument de philosophie religieuse. Il a été le défenseur le plus zélé des Juifs, après avoir été celui des noirs, dont il ne voulut gagner la cause qu'avec tous les ménagemens d'un affranchissement lent et gradué.

M. Dedeley-d'Agier.

Député aux états-généraux, M. Dedeley-d'Agier ne tarda pas à se faire distinguer par ses connaissances en finances, et il fut appelé successive-

ment dans différens comités de l'assemblée nationale, pour préparer les
travaux les plus importans.

Egalement ami de la liberté et de
la justice, toujours patriote et toujours modéré, M. Dedeley-d'Agier
acquit une réputation de talent et
de droiture que l'esprit de parti lui-
même fut forcé de respecter.

Il demanda la suppression des ordres
religieux, déclarant que la vie monas-
tique était en opposition avec tous les
droits et tous les devoirs de l'homme.
Il vota la suppression des dîmes, et
fut nommé rapporteur du comité char-
gé de proposer le mode d'aliénation des
biens ecclésiatiques.

La vente de ces biens ayant éprouvé
des difficultés, il en fit décréter l'ac-
célération.

Député au conseil des anciens, par
le même pays (la Drôme) qui l'avait
élu aux états-généraux, M. Dedeley-

d'Agier, toujours fidèle à ses principes, toujours sage, et toujours ami
de la liberté, les défendit sous la république comme il l'avait fait sous la
monarchie, et il dut à l'estime générale
de ses collègues d'être élu, dans l'an 6,
président du conseil.

Jamais il n'épousa les excès ou les
passions d'aucune des factions qui dé-
chirèrent la France; jamais il ne sa-
crifia les intérêts du peuple à ceux des
individus.

Appelé plus tard au sénat, il ne se
vendit point à l'homme qui étouffa la
liberté. M. Dedeley-d'Agier appar-
tint toujours à cette faible, et d'autant plus honorable minorité, qui con-
serva les principes au milieu de la
corruption. Sa conscience ne composa
jamais avec ses devoirs, et il est demeuré l'un des hommes de la révolution le plus digne de respect, par la

pureté de son caractère politique ; et
par la persévérance avec laquelle il
défendit les droits et les libertés de
la nation, même en un temps où ils
étaient tellement oubliés, qu'il était
presque dérisoire, au moins à la cour
impériale, de continuer à les invoquer.

Porté, en 1814, à la chambre des
pairs, il n'y servit pas son pays avec
moins de courage et de talent qu'il ne
l'avait fait sous le dernier gouvernement. Toujours calme, toujours
exempt des passions qui commencè-
rent à agiter la France, ce vrai citoyen opposa constamment, dans la
discussion, la logique la plus saine
aux sophismes les plus captieux, la
vérité et la droiture à l'esprit d'in-
trigue et d'astuce ; et l'un des ministres
du roi, lors des débats au sujet de la
fatale loi qui détruisit le principe et
l'action de la liberté de la presse,

ayant, dans un long discours, avancé
les propositions les plus extraordi-
naires pour entraîner les suffrages de
la chambre, M. Dedeley-d'Agier,
qui avait pris des notes sur ce discours,
publia, dès le lendemain, par la voie
de l'impression, une réponse si forte-
ment pensée, si claire et si précise,
que le ministre en fut attéré.

M. Dedeley-d'Agier, accoutumé à
lutter contre tous les despotismes,
crut qu'il était de son devoir de continuer à siéger, durant les cent jours,
dans la chambre des pairs ; il crut
qu'il était de son devoir de continuer
des fonctions à vie qui lui permet-
traient de défendre encore les droits
et la liberté de son pays ; mais l'or-
donnance royale du 24 juillet suivant
le priva du titre que le roi lui avait
conféré pour toujours, et il rentra,
sans se plaindre, dans la classe des

simples citoyens. Il n'avait jamais sollicité les grandeurs, il ne les avait ac-
ceptées que comme une charge publique, pour en remplir fidèlement
tous les devoirs ; les titres et les honneurs n'avaient point altéré la simplicité de ses mœurs, la bonté de son
caractère ; et ne pouvant plus offrir
le modèle des vertus publiques, il re-
vint dans son pays se consacrer tout
entier au soulagement, à la consola-
tion des indigens, et de ce même
peuple qu'il ne pouvait plus servir
que par des bienfaits.

Les journaux, en nous annonçant il
y a peu de temps la mort de la ver-
tueuse épouse de M. Dedeley-d'A-
gier, nous ont appris qu'en mourant
elle avait légué 800,000 fr. aux hos-
pices, et que déjà son mari leur avait
donné 200,000 fr.; mais les journaux
ne nous ont pas dit que la vie entière

de M. Dedeley-d'Agier a été consa-
crée à secourir le malheur.

Né avec une grande fortune, ce vé-
nérable ami de l'humanité n'en fit jamais usage que pour protéger et nour-
rir l'indigence. Ses grands revenus
furent et sont encore l'aliment du pau-
vre : on dirait qu'il ne se regarde que
comme le dépositaire de ses biens,
on dirait qu'ils ne sont pas à lui, et
qu'il ne les considère que comme le
patrimoine des infortunés.

Jamais la bienfaisance ne fut à la
fois plus active, plus ingénieuse,
mieux entendue et plus modeste. Jamais aucun citoyen ne porta plus loin
la prodigalité des bienfaits, et ne fit
plus d'efforts pour les tenir cachés.

Nous nous arrêtons ici, parce que
M. Dedeley-d'Agier lira nos pages,
parce que nous le blesserions, si nous

voulions rendre à ses vertus tant d'autres hommages qui leur sont dus.

Nous croyons avoir fait assez pour appeler sur lui les suffrages des amis de l'humanité, de la vertu, de la liberté et de la patrie.

Sur le portrait de plusieurs Personnages célèbres, et sur celui du général La Fayette.

DEPUIS quelque temps nos marchands d'estampes exposent aux regards des passans les portraits de nos grands hommes. A la suite des révolutions chaque parti a les siens ; c'est ensuite la postérité qui décide en dernier ressort sur ceux qui ont justement mérité le surnom de Grand.

Le portrait de Charrette, celui de Georges Cadoudal, et même celui de M. de Chateaubriand, figurent à côté du portrait du général La Fayette : et tout près de ces portraits l'image du

bon Henri semble avoir été mise là
tout exprès pour rappeler aux passans
que lorsque ce sage Roi fut remonté
sur son trône, il s'attacha surtout à
faire oublier les dissensions publiques,
en réunissant auprès de lui les chefs
des divers partis, et les forçant, en
quelque sorte, de se toucher la main.
Certes, ce fut un bon Roi que notre
Henri ! et c'est à bon droit que la
postérité lui a donné le surnom de
Grand.

Il faut voir les passans se grouper
autour de ces portraits. Il faut entendre les discours qui se tiennent.
Chacun vante son saint ; c'est dans
l'ordre : mais le marchand est d'accord avec tout le monde, et tour à
tour il s'écrie, en détachant l'estampe
pour la livrer à l'acheteur : Ah! monsieur ! quel grand homme ! en vérité
je vous le donne pour rien !

— Comment, pour rien, disait hier

un passant qui achetait le portrait d'un vicomte? vous me le faites trop payer, car il n'est pas ressemblant, et vous le vendez beau, quand je sais qu'il ne l'est pas. — C'est le beau idéal, dit le marchand, — et puis grand homme......, nous verrons ce qu'en dira la postérité !

Bientôt après arrive un riche fermier de Seine-et-Marne, qui demande le portrait du général La Fayette. — Je n'en ai plus. — Comment, je n'en ai plus ? — La raison en est simple ; je n'en ai plus, parce que je les ai tous vendus. — A la bonne heure ! J'ai cru d'abord que les malins ne se contentaient pas d'en vouloir à l'homme, et qu'ils en voulaient encore au portrait. — — Eh ! mais la planche n'est pas brisée ! — Faites-en tirer d'autres épreuves, vous en vendrez beaucoup. Tous ceux qui ont entendu les premiers accens de liberté dans les deux Mondes ;

ceux qui savent qué c'est aux efforts
des hommes à la tête desquels on a
toujours vu le général, que nous devons cette Charte qui consacre nos
droits si long-temps contestés ; ceux
qui connaissent la modeste simplicité
de cet homme célèbre, et la constance
avec laquelle il supporta sa longue
captivité, plutôt que de servir contre
son pays ; tout ce qu'il y a d'esprits
justes, d'hommes droits, tous les bons
Français enfin l'achèteront.

Je rentrai chez moi pour prendre
note de cette conversation, et la com-
muniquer aux abonnés du *Petit Livre*,
qui, je pense, la liront avec plaisir.

Il n'en sera pas de même de la part
de certaines gens ; mais, en vérité, je
ne suis pas tenté de leur en demander
pardon.

Au reste, quand je songe que les
odieuses calomnies dont le général La
Fayette est l'objet, de la part de ces

gens-là, sont précisément celles qu'ils
firent entendre il y a trente ans, que
dois-je en conclure, sinon que la marche et les intérêts de la faction sont
aujourd'hui les mêmes qu'ils étaient
autrefois?

Je sais bien que ces messieurs n'a-
cheteront pas le portrait du général
La Fayette ; pour moi, je l'ai placé
sur ma cheminée avec cette inscrip-
tion :

Wasinghton ! Franklin ! et La Fayette !

« Si nous avions pris pour modèle
» leur patriotisme, leur courage et
» leur désintéressement, nous aurions
» assuré nos droits, sans secousses, et
» nous serions libres depuis long-
» temps ! »

On sait que M. Scheffer, peintre
distingué, frère aîné de M. Scheffer
l'écrivain, vient de faire, à Lagrange,
où il a séjourné quelque temps, le por-

trait en pied, très-ressemblant, du
général La Fayette. Si, comme on
nous le fait espérer, ce portrait doit
être livré au burin d'un artiste habile,
il ne manquera point d'acheteurs en
France et chez l'étranger.

LES COLIMAÇONS.

Sans amis comme sans famille,
Ici-bas vivre en étranger ;
Se retirer dans sa coquille
Au signal du moindre danger ;
S'aimer d'une amitié sans bornes,
De soi seul emplir sa maison,
En sortir, suivant la saison,
Pour faire à son prochain les cornes ;
Signaler ses pas destructeurs
Par les traces les plus impures ;
Outrager les plus tendres fleurs
Par ses baisers ou ses morsures ;
Enfin dans soi, comme en prison,
Vieillir de jour en jour plus triste,
C'est l'histoire de l'égoïste
Et celle du colimaçon.

CHRONIQUE RELIGIEUSE.

Les prédications autorisées de certains missionnaires, les écrits intolérans,
les prétentions antisociales de plusieurs
membres du clergé, ont tellement ré-
volté l'esprit des hommes, qui repous-
sent également le despotisme de la religion et celui de l'Etat; il est si naturel
de dédaigner, dans le 19e. siècle, les
maximes, les absurdités, les croyances
superstitieuses qui gouvernaient le
monde il y a six cents ans ; on compte
tellement sur la barrière insurmontable
que la philosophie, l'opinion et la raison de notre âge opposent à leur réta-
blissement, qu'on lit peu les écrits qui
ont pour objet les affaires de l'église.

Moi-même, j'en fais l'aveu : je m'étais refusé jusqu'à ce jour à ouvrir aucun de ces écrits, et je n'avais pas même rompu l'enveloppe de la *Chronique religieuse*, autant pour échapper au dégoût, que pour ne pas perdre mon temps à la lecture de quelques controverses oiseuses.

Mais lorsque j'ai su quels étaient les auteurs de la *Chronique*, je me suis empressé de la lire, et je me félicite de ma curiosité.

La *Chronique* est, selon moi, un très-bon ouvrage ; et il suffit de lire dans le Ve. cahier, que je choisis au hasard, les articles du *mariage*, et de *l'indulgence* de la *portioncule*, pour sentir combien cet écrit périodique sera utile à la cause de la liberté ; car dans le système général de l'indépendance légale et nationale, tout se tient, tout s'enchaîne d'une manière nécessaire, la liberté ne pouvant être attaquée sur un

seul point, qu'elle ne le soit dans son
ensemble.

La politique contre-révolutionnaire,
les infatigables partisans du régime arbitraire emploient pour l'avancement
de leurs desseins, tous les moyens ima-
ginables; ils ne sont au fond ni plus
dévots ni plus superstitieux que les phi-
losophes et les libéraux; mais la su-
perstition, les maximes de l'intolérance,
les prétentions ultramontaines, l'hy-
pocrisie religieuse, sont utiles à leurs
intérêts, et ils s'en font des moyens
dont l'influence, pour être insensible,
n'en est que plus grande.

Les Anglais ont depuis long-temps
pour maxime, que *papisme* et *despotisme* sont inséparables; et quand on a
médité l'histoire de Jacques II, il n'est
pas aisé de repousser cette maxime.

J'engage donc les amis de la liberté
constitutionnelle à s'intéresser sérieu-
sement à la marche des affaires reli-

gieuses, et à ne pas se contenter de
dédaigner, comme ridicules, des prétentions qui sont nécessairement dangereuses, quand elles ont de puissans
et nombreux protecteurs ; or, les jésuites, qui ont pour maxime : *Qu'on
peut tuer un tyran* : les jésuites, dont le
nom se rattache au meurtre des deux
Henri, à l'affreux temps de la ligue, à
la proscription des protestans, à la
chute des Stuarts, et à leur tyrannie,
à l'assassinat d'un roi de Portugal, en
un mot à tous les malheurs qui ont af-
fligé les peuples et les rois depuis plusieurs siècles ; les jésuites solennelle-
ment chassés de France par un arrêt
qu'avait sollicité le cri national, par
une bulle du pape ont aujourd'hui en
France dix-sept maisons, dit-on, ainsi
qu'un grand nombre de colléges où déjà
ils réunissent des élèves par milliers.

On voit les jésuites dans toutes les
missions, et surtout parmi les ecclé-

siastiques spécialement favorisés par la *Grande-Aumonerie*, dont le pouvoir, de nouvelle création, me semble être en opposition avec la Charte, qui ne reconnaît point de religion dominante.

Quoique la législation sanctionnée par Louis XVI ait aboli tous les ordres religieux et les couvens, nous avons vu se rétablir les *Chartreux*, *les Trapistes*, *les Pères de la Foi* (ce sont les jésuites déguisés sous ce nom), les *Pères de la Mission*, les *Frères et Sœurs du Sacré Cœur de Jésus et de Marie*, dans des maisons *androgines*, où les deux sexes ne sont séparés, comme dans la maison de Robert d'Arbrissel, que par une muraille et un tour, qui sert aux communications intérieures. Nous avons vu se rétablir les *Iqnoruntins*, les maisons de religieuses, et le R. P. *Humbert* nous apprend qu'il existe déjà plusieurs maisons de *Franiscains*.

Enfin, nous sommes en face d'un concordat qui autorise tacitement, au profit de Rome, l'impôt des annates, des
dispenses, etc., etc., et en vertu duquel le Saint-Père s'est permis de *do-
ter l'église* aux frais du trésor national, etc.

La cour royale de Paris, a, par un
arrêt du 18 mai dernier, déclaré en
principe, *que la Charte a restitué aux
lois ecclesiastiques, là force de lois de
l'Etat* (or il est bon d'observer, en passant, que les lois de l'église étant
toutes spirituelles, n'ont jamais été ni
pu être au nombre de celles de l'Etat,
qui furent toujours civiles et temporelles).

La *Note secrète* (qu'on peut regarder
comme le manifeste de la faction contre-révolutionnaire, puisque celle-ci l'a
avouée) nous déclare qu'il faut à la
monarchie d'autres institutions; et nos
souvenirs de 1815 ne nous permet-

tent pas de nous méprendre sur la nature de ces institutions.

Dans l'ouvrage non saisi d'un directeur de séminaire, on lit les passages suivans :

« Que l'immoralité s'est accrue chez
» nous, et qu'ainsi, voulant gouverner,
» on sent qu'il faut dresser l'échafaud
» dans tous les villages, pour contenir
» un peuple d'athées.... qu'il faut aux
» ecclésiastiques des biens et des hon-
» neurs, des honneurs non mesquins
» et des égards non médiocres, parce
» qu'il n'y a pas d'honneurs qui ne leur
» soient dûs.... parce que la dignité
» des pontifes surpasse celle des rois...
» que la liberté des communications
» avec le saint-siége (sans inspection du
» gouvernement) est essentielle au
» culte catholique.... »

En faut-il plus pour relever le mérite et la grande utilité de la *Chronique*

religieuse, qui sappe par la base le système ultramontain, le despotisme et
l'intolérance de l'Eglise, et qui détruit,
avec les armes de la religion elle-même,
les prétentions anti-sociales, la conduite illégale, les écrits dangereux, les
maximes subversives, renouvelées du
seizième siècle, dans l'intérêt d'une
faction qui considère la religion comme un instrument de ses desseins?

Nous ne sommes pas autorisés à
nommer les rédacteurs de la *Chronique
religieuse*, et nous le regrettons; car
nommer les auteurs, serait placer l'ouvrage sous la recommandation d'une
réunion d'hommes aussi célèbres par
leurs vertus publiques et leur talent,
que par le courage et la persévérance
avec laquelle ils ont combattu, sous
toutes les tyrannies, pour la liberté, à la
cause de laquelle ils sont identifiés depuis trente ans,

La *Chronique* se trouve chez Beau-
douin frères, rue de Vaugirard n°. 36.
L'abonnement est de 9 fr. pour 26 li-
vraisons, chacune de 24 pages d'impression.

Martial SAUQUAIRE-SOULIGNÉ.

LIVRES NOUVEAUX.

Choix de Rapports, Opinions et Discours faits et prononcés à la tribune nationale, depuis l'ouverture des états-généraux jusqu'à ce jour; six volumes grand in-8°. Chaque volume sera orné de six portraits de nos plus célèbres orateurs. — Le premier volume paraîtra le 30 septembre prochain. Prix de chaque volume, avec les portraits lithographiés, 9 francs. Sans les portraits, 6 fr. — A Paris, chez A. Eymery, libraire, rue Mazarine, n°. 30; et à la librairie de Corréard, l'un des naufragés de la Méduse, Palais-Royal, galerie de bois, n°. 258.

On a long-temps reproché à la littérature française de n'offrir aucun modèle dans l'*éloquence délibérative*, que nous nous permettrons de qualifier d'*éloquence nationale*, puisqu'elle a pour objet les affaires publiques, la guerre, la paix, les finances, les intérêts politiques, enfin tous les points généraux de législation ou de gouvernement; et, on doit en convenir, long-temps ce reproche fut fondé.

Comment, en effet, l'éloquence nationale se serait-elle développée dans ces temps où l'intérêt de quelques-uns devenait la loi de tous ; où l'ordre absolu d'un ministre tenait lieu de toute discussion ; où l'amour et la confiance se commandaient impérieusement ; où l'on exigeait au moins le silence de l'homme véridique que l'on n'avait pu séduire ; dans ces temps enfin où l'exil menaçait tout parlement courageux,

tandis qu'on opposait la Bastille aux
civiques élans qui promettaient à la
France des Démosthènes et des Cicé-
rons ? Les mots *patrie*, *chose publique*,
étaient alors les synonymes de rébel-
lion, et pour n'être pas rebelle on
s'efforçait d'oublier que l'on était citoyen.

La France, en vingt-cinq ans, s'est
affranchie du reproche qui pesait sur
elle depuis des siècles. Elle a eu son
forum, son sénat, et de nombreux
orateurs ont révélé des talens qu'Athènes
même eût applaudis.

L'ouvrage qu'on annonce, en se
continuant à chaque session nouvelle,
deviendra le foyer de ce feu sacré qui
anime les orateurs de la patrie. Tout
Français en appréciera la haute impor-
tance, en se rappelant qu'à la fois
Rome perdit son éloquence et sa liberté.

Quand l'homme d'Etat délibère dans les conseils sur le sort des peuples ; quand le citoyen plaide dans les assemblées législatives la cause de la liberté ; quand le littérateur philosophe prépare dans le silence ces réclamations courageuses qui déferent les abus, les erreurs et les crimes au tribunal de l'opinion publique, alors, nous dit encore le moderne Quintillien, « alors l'éloquence n'est pas seulement un art, c'est un ministère auguste, consacré par la vénération de tous les citoyens ; c'est la raison armée, et la raison a besoin d'armes ; elle a tant d'ennemis ! »

Réunir en un seul faisceau les lauriers épars que nos orateurs ont cueillis devant le peuple assemblé ; offrir à nos représentans, ainsi qu'aux jeunes citoyens qui doivent être un jour appelés à la tribune, des modèles de patriotisme éclairé et de discussion lumi-

neuse; conserver à l'histoire des matériaux précieux qui attesteront à jamais
nos travaux et notre grandeur., c'est
fonder, c'est élever une chaire d'éloquence nationale, où le défenseur de
nos droits, le conservateur de nos libertés, le protecteur de la presse et de
toutes les institutions libérales, vien-
dront s'armer de souvenirs, d'exemples
et d'inspirations.

Chaque volume de cet ouvrage sera
divisé en quatre livres : *Législation*, —
Administration, — *Finances*,—*Politique.*

Un choix sévère, peu d'analyses,
l'indication des discours omis et le mo-
tif de leur rejet, de scrupuleuses re-
cherches pour rétablir les textes altérés,
quelques notes explicatives, une table
raisonnée des noms et des choses, de
l'impartialité, de l'ordre et de la mé-
thode, telle est la marche tracée pour
cet ouvrage, depuis long temps désiré,

et devenu indispensable par l'extrême rareté des collections comprenant tous les travaux de nos diverses législatures.

L'Observateur au Congrès, ou Relation historique et anecdotique du Congrès d'Aix-la-Chapelle, en 1818, précédé d'un coup-d'œil sur la situation des différens peuples de l'Europe et du Nouveau-Monde, à l'ouverture du Congrès. — On souscrit, à Paris, chez A. Eymery, libraire de la *Minerve française*, rue Mazarine, n° 30.—A la Librairie constitutionnelle de Baudouin frères, rue de Vaugirard, n° 36, près la Chambre des Pairs. — Foulon et compagnie, rue des Franes-Bourgeois, n° 3. — Corréard, l'un des naufragés de la Méduse, Palais-Royal. — Delau-

nay, Palais-Royal, galerie de bois.
—Pélicier, au Palais-Royal.—Mongie aîné, boulevard Poissonnière,
n°. 18. — Ladvocat, au Palais-Royal.

FIN DU TOME X.

plus éloigné? empruntez le porte-

Voulez-vous répandre l'instruction parmi les citoyens de la classe mitoyenne? envoyez-les à l'école du Père Michel.

Avez-vous à porter plainte devant le tribunal de l'opinion publique, contre les actes de violence, les abus de pouvoir, les vexations, les dénis de justice? prenez pour avocat le Père Michel.

Voulez-vous dérouter ou déconcerter des ligues, des conspirations réelles ou factices, ou des complots contre la Charte et les lois fondamentales, contre la liberté et l'indépendance nationale? prenez pour confident ou pour allié le Père Michel.

Voulez-vous connaître les hommes les plus recommandables par leur conduite, leur mérite ou leur talent politique? fiez-vous-en au Père Michel.

Voulez-vous publier les beaux traits de justice dans les magistrats, qui ne fait grâce à aucun coupable, contre ent religieusement les lois et les libertés du peuple; ceux faire connaître ceux qui les apprennent les leurs administrés que les contraindre ne connaissent ni premier ni dernier lorsqu'ils ont à loue-vous blâmez? serrez-vous n ou à avons grand

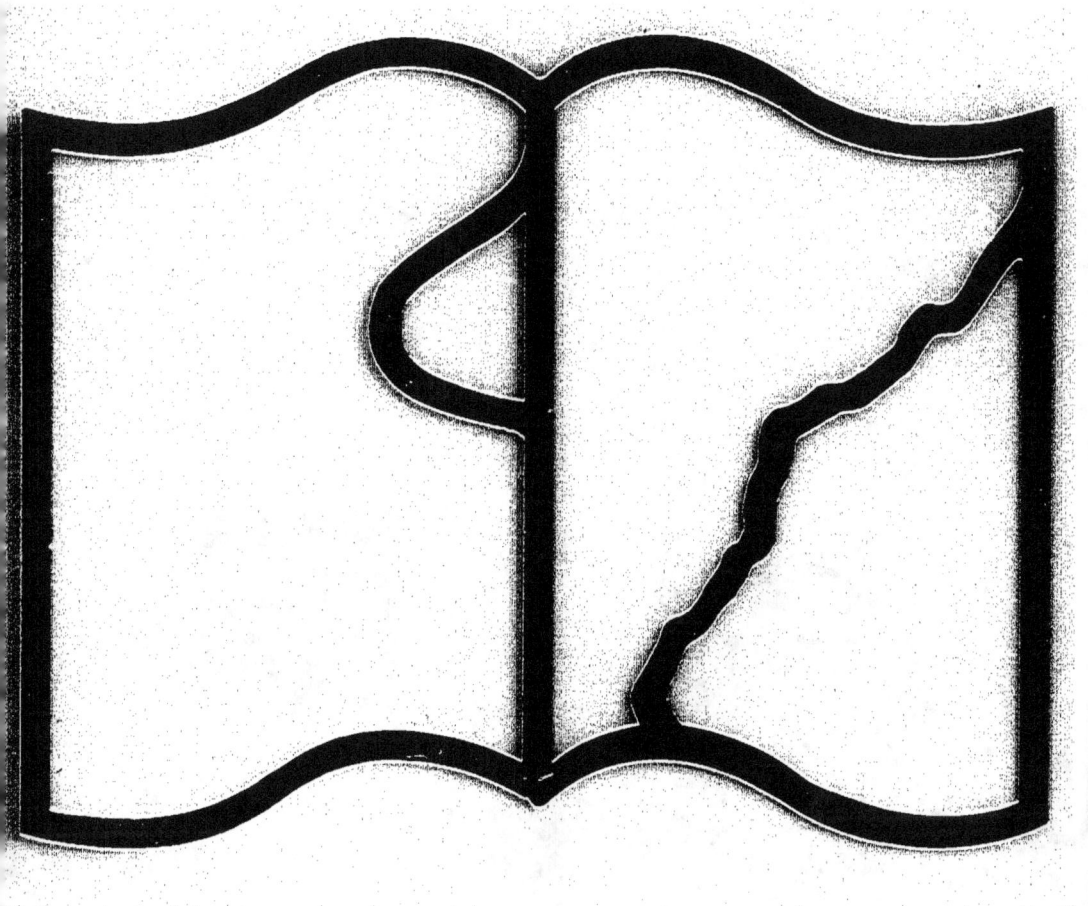

Texte détérioré — reliure défectueuse

NF Z 43-120-11

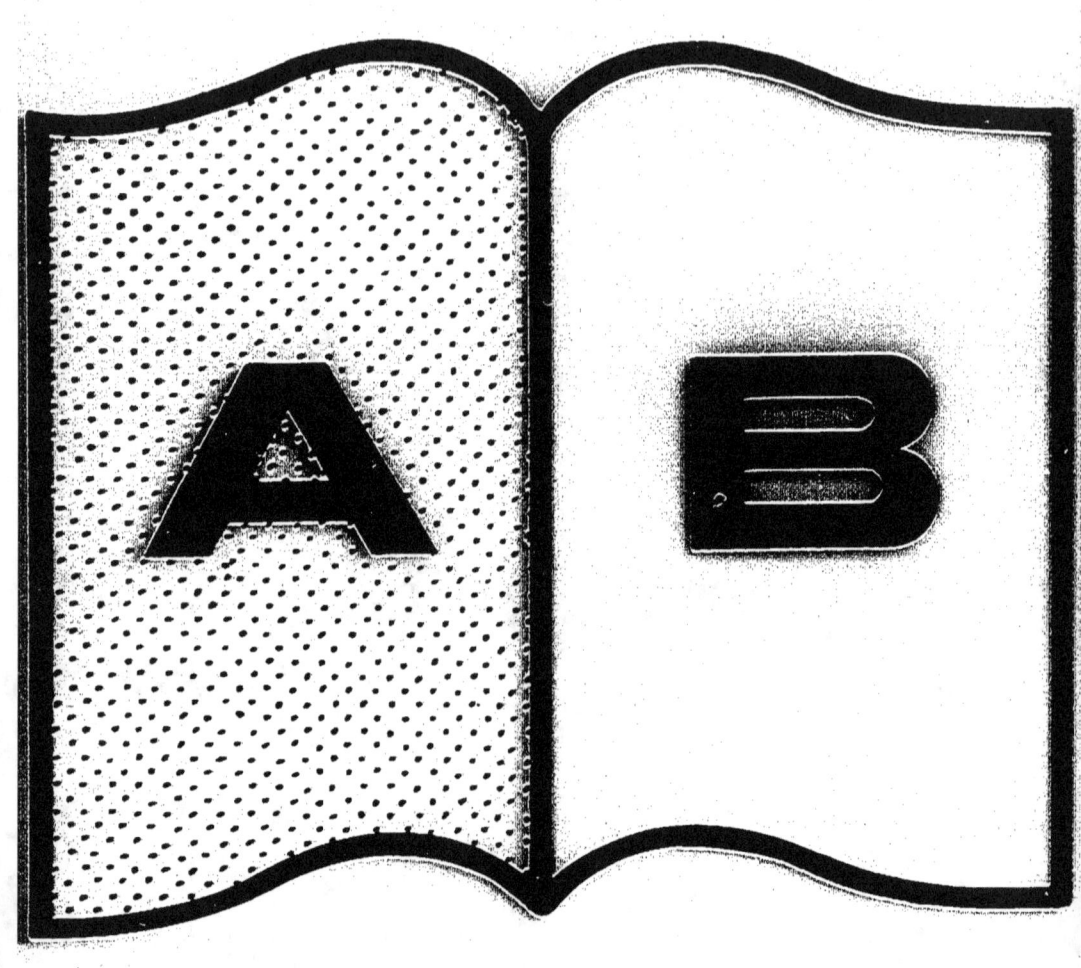